M. JOSEPH TECHENER

M. J. TECHENER

ET

LA VENTE DE SES LIVRES

PAR

GUSTAVE BRUNET

PARIS

AUGUSTE AUBRY, LIBRAIRE

16, RUE DAUPHINE

—

1865

Extrait du *Bulletin du Bouquiniste*
nº 203, 1ᵉʳ juin 1865.

Cher Monsieur Aubry,

Votre journal accueillera, je l'espère, avec sympathie quelques pages que je viens de tracer, après avoir parcouru les catalogues que vous avez bien voulu me remettre des ventes des livres de M. Techener, catalogues tels qu'ils doivent être admis chez un véritable bibliophile, avec les prix d'adjudication et les noms des acquéreurs.

Les prix que divers livres fort précieux ont atteints dans ces ventes méritent, ce me semble, d'être connus; ils démontrent que le feu sacré, loin d'être menacé de s'éteindre, n'a jamais jeté un plus vif éclat. Je voudrais aussi parler un peu du libraire qui possédait ces admirables volumes. D'abord, le nom de M. Techener se lie étroitement à l'histoire littéraire, à la bibliographie pendant une assez longue période du xixᵉ siècle. Ensuite, j'ai bien quelques motifs personnels. Il y a, hélas! bien des années que je connais M. Techener; dès le début du *Bulletin du Bibliophile*, il accueillit avec indulgence les notices que je lui transmis pour qu'il en appauvrît sa publication mensuelle, notices qui n'avaient d'autre mérite (si elles en avaient un) que d'attester la bonne volonté d'un amateur encore jeune. Depuis, mes rapports avec l'intelligent libraire n'ont pas été interrompus; mais que la modestie de M. Techener se rassure, je ne dirai pas tout le bien que je pense de lui.

Accueillez donc, je vous prie, cher Monsieur, ces feuillets tracés rapidement dans un moment dérobé à des travaux tout à fait étrangers à la science des livres, et agréez l'expression de mes sentiments les plus dévoués.

27 mai 1865.

G. BRUNET.

M. JOSEPH TECHENER

LA VENTE DE SES LIVRES

L y a longtemps; c'était à une époque dont plusieurs révolutions nous séparent. Charles X régnait alors; les goûts des bibliophiles étaient bien différents de ceux qui dominent aujourd'hui; on recherchait encore les belles éditions des classiques grecs et latins. M. Bérard, qui devait plus tard rédiger la Charte de 1830, mit à la mode, grâce à son *Essai sur les Elzeviers*, les productions de la typographie hollandaise, mais les vieux poëtes étaient bien peu recherchés, mais les éditions originales de nos classiques du XVIIe siècle, aujourd'hui payées au prix de l'or, gisaient dans la tourbe des vils bouquins. Surgirent alors quelques libraires jeunes, actifs, entreprenants, qui tentèrent de donner une vie nouvelle à un commerce qui périssait de langueur, et que les respectables marchands de la vieille roche, (tels que de Bure, dont un membre de l'Académie française a tracé un tableau si attrayant), étaient absolument hors d'état de vivifier. Il fallait courir la province et l'étranger ; il fallait assister aux ventes publiques de l'Angleterre, des Pays-Bas, de l'Allemagne ; il fallait amener à Paris des livres précieux, disséminés de tous côtés, enfouis un peu partout, et dont la présence ne pouvait manquer de créer des bibliophiles.

Tout le monde (je parle du monde instruit et curieux) sait avec quel zèle intelligent, quelle ardeur sagace M. Techener s'élança dans cette carrière nouvelle. Ce fut en 1828, nous le croyons du moins, qu'ayant été à Londres au moment où la collection de Robert Lang (bien fréquemment mentionnée dans les ouvrages de Dibdin) était livrée aux enchères, il rapporta de nombreux échantillons de ces vieilles impressions gothiques en langue française, qui ont aujourd'hui décuplé de valeur. Les bibliophiles, surpris et enchantés, se disputèrent ces trouvailles ; l'impulsion était donnée, elle ne s'arrêta plus.

Mais découvrir des livres rares, les vendre, les remplacer par d'autres, avoir d'élégantes armoires toujours pleines et toujours vides, ce mouvement qui aurait absorbé et au delà tous les instants d'un homme des plus actifs, ne pouvait suffire à l'infatigabilité de M. Techener. Il se fit éditeur ; il débuta par cette charmante collection des *Joyeusetez*, dont les seize volumes, tirés à petit nombre, reproduisent bien des livrets introuvables, bien des opuscules piquants, témoins, quelquefois indiscrets, du vieil esprit gaulois, monuments curieux des mœurs et des idées de nos ancêtres. On a depuis, personne ne l'ignore, multiplié les réimpressions de ce genre ; les bibliophiles les accueillent avec empressement, et nous n'aurons pour elles que des éloges ; mais sous le rapport du bonheur dans le choix, au point de vue de l'élégance de l'exécution typographique et de la commodité du format, le recueil des *Joyeusetez* nous semble supérieur à tout ce qu'on a fait depuis, et nous ne pensons point qu'un seul bibliophile délicat nous contredise à cet égard.

Un peu plus tard, vers 1833, M. Techener eut la pensée de fonder un journal mensuel consacré à la science des *anticques* livres. L'entreprise pouvait paraître téméraire ; elle réussit toutefois. Le ***Bulletin du Bibliophile*** conquit promptement une belle place, et son succès a toujours été en croissant. Disons aussi qu'à son berceau il trouva un soutien précieux dans la bienveillante coopération de Charles Nodier. Le spirituel romancier, le conteur qui possédait le secret du style le plus attrayant joint à l'imagination la plus fraîche et la plus sensible, aimait passionnément les vieux livres; il en parlait mieux que personne au monde; il donnait un attrait irrésistible à des dissertations sur des bouquins.

Nodier avait pour M. Techener une affection profonde, qui a duré jusqu'à sa mort. Chaque jour il se rendait de l'Arsenal à la place de la Colonnade du Louvre. Les premiers numéros du *Bulletin* lui durent, sur le *langage macaronique*, sur les *livres à clef*, sur la *liberté de la presse au seizième siècle* (liberté tempérée par le supplice de plusieurs auteurs et de quelques libraires), de charmantes notices que chacun voulut lire. Pourquoi n'exécute-t-on pas le projet plusieurs fois annoncé de recueillir, de réimprimer ces pages exquises? Il y a là matière à un petit volume dont la place est d'avance marquée dans le cabinet de tous les curieux.

Le *Bulletin* est aujourd'hui âgé de plus de trente ans; il a survécu à des centaines de journaux de tout genre venus au monde après lui; il a traversé sans fléchir des périodes où l'on avait à s'occuper de tout autre chose que de vieux livres. Il est plein de jeunesse et de vie, et tout lui garantit encore une longue et robuste carrière.

Nous ne parlerons point, et pour cause, des volumes rares et précieux qui ont passé par les mains de M. Techener, qui ont figuré sur ses nombreux catalogues, et qui sont entrés dans les collections de tant de bibliophiles français et étrangers. A cet égard, nous dirons avec le poëte M. J. Chénier :

On compterait plutôt les braves de la France,
Les oliviers croissant aux bords de la Durance,
Les pachas étranglés par l'ordre des sultans,
Le nombre des écus volés par les traitants.

Nous ne nous arrêterons point à ces ventes si multipliées de bibliothèques illustres dont M. Techener a dressé les catalogues ; rappelons seulement, au milieu de tant de noms fameux dans les fastes de la bibliophilie, ceux de Nodier, d'Armand Bertin, de Félix Solar, de Léopold Double.

Comme éditeur, que de services l'infatigable libraire n'a-t-il pas rendus ? Ne lui doit-on pas ce *Tallemant des Réaux*, que le travail si complet et si instructif de M. Paulin Paris rend indispensable à la connaissance du xviie siècle, et cette édition des *Lettres de Madame de Sévigné*, soignée avec tant d'amour par un des maîtres de la critique les plus autorisés, par un des amoureux (il se donne bien ce nom) de l'adorable marquise ; et la délicieuse *Bibliothèque spirituelle*, à l'usage des gens du monde; et les douze volumes de la collection des *Romans des douze Pairs*, si précieux pour l'étude de notre ancienne littérature ; et les *Grandes Chroniques de Saint-Denys*, cet inestimable monument de nos traditions nationales, où nous retrouvons encore l'érudition si sûre de M. P. Paris; et tant d'autres volumes excellents pour le fond et pour la forme. Je ne puis tout dire, et je résiste à la tentation de parler de l'*Histoire de la porcelaine*, beau volume in-folio, monographie accomplie en son genre, et de cette *Histoire de la Bibliophilie*, qui, lorsqu'elle sera terminée, restera le plus curieux et le plus beau des livres élevés à la gloire des autres livres.

A la suite d'une quarantaine d'années consacrées sans relâche aux soins du commerce le plus actif, exercé d'une manière qui lui a assuré l'estime générale, M. Techener avait sans doute acquis le droit de prendre un peu de repos. On vieillit quelquefois, et les forces peuvent perdre de leur énergie; le fardeau devient trop lourd. Il est donc tout simple que le vétéran des bibliopoles ait songé à s'éloigner des affaires, à liquider de vastes opérations. Mais les amis des livres s'étaient si fort habitués à l'idée qu'il était de toute impossibilité que M. Techener ne fût pas libraire, que cette résolution une fois connue a causé la plus vive surprise. Les questions se croisaient, les interpellations partaient de toutes parts. Renvoyons aux explications parfaitement simples et dignes que M. Techener a placées en tête du second catalogue de vente qu'il a publié, et disons maintenant quelques mots de ces ventes.

Celles qui se sont succédé sont au nombre de quatre. Toutes ont offert ce que les amateurs délicats savent bien distinguer : d'excellentes éditions de livres d'élite en exemplaires de choix. Mais une seule de ces ventes sera ici l'objet de quelques détails. Il s'agit de la troisième ; elle tient une place brillante dans l'histoire de la bibliophilie.

Jamais on n'avait vu passer aux enchères, en quatre séances, une pareille réunion d'ouvrages du plus grand prix, et il n'est pas de collection royale qui n'eût dû tenir à grand honneur de posséder les livres qu'avait rassemblés un simple libraire. Le produit total de cette troisième vente a été de 188,260 fr., et la dernière vacation entre à elle seule dans ce total pour le chiffre fort respectable de 147,333 fr.

C'est jusqu'à présent le seul exemple d'une somme pareille produite en un seul jour par une vente de livres.

Le thermomètre de la bibliomanie ne s'était pas encore, en France, élevé à cette hauteur, et c'est en prodiguant les billets de banque que les heureux possesseurs de quelques-uns de ces bijoux ont acquis le droit de s'en dire les maîtres. Nous avons entendu nommer, comme ayant pris part à cette lutte, M. A. F. Didot, qui, dans son infatigable ardeur, ajoute sans cesse de nouveaux trésors aux richesses d'un cabinet sans égal en France ; M. le baron de Rothschild, dont il est difficile de soutenir la concurrence ; M. Giraud de Savines, tout occupé de former une collection des plus brillantes, et d'autres amateurs en renom dont les achats restent un secret, pour le moment du moins, puisqu'ils ont eu lieu par l'intermédiaire mystérieux de libraires qui gardent les secrets qu'on leur confie.

Nous rendrons service aux provinciaux, aux étrangers, en signalant quelques-unes de ces adjudications qu'enregistrera avec tant de plaisir un continuateur de l'admirable *Manuel du Libraire*. Un exemplaire sur vélin de la Bible latine, imprimée à Venise par F. de Hailbrun, en 1470, a été payé 3,000 fr. Ce n'est pas trop cher, puisqu'on ne connaît que deux exemplaires :

celui-ci et celui de la Bibliothèque Impériale. On s'est dispu
avec acharnement des volumes ayant appartenu à des amateurs
célèbres, à des personnes assises sur le trône. Le *Bessarion*,
publié par Alde en 1516, et ayant appartenu à Grolier, a été
abandonné à 1,900 fr.; mais le *Paul Jove* de cet amateur
(Florence, 1549) est arrivé à 2,500 fr., quoiqu'il fût d'une édition de Bâle. On est bien éloigné de cette époque où un libraire
anglais, Edward, écrivait à Renouard (qui relate cette anec-
dote dans son catalogue en quatre volumes) de lui réserver
les volumes bien reliés qu'il rencontrerait à la reliure de
Grolier ; l'industriel britannique consentait à les payer un louis
chacun. Un contemporain de Grolier, son émule en fait de reliures, Thomas Maïoli, se cote à la bourse des livres aussi cher
que l'agent des finances de François Ier. M. Techener avait réuni
trois volumes ayant appartenu à cet Italien : le *Procope* de 1509,
le *Blondus Flavius* de 1531, l'*Historia animalium* d'Aristote
de 1534; ils ont eu amateurs à 2,555 fr., à 2,325 et à 2,025 fr.

Les *OEuvres de saint Justin*, Paris, 1559, aux armes de Louys
de Sainte-Maure, et un *Appien* en français, Lyon, 1544, sont
arrivés, l'un à 2,300 fr., l'autre à 1,270 fr.

Quelques volumes aux armes de Henri II et de Diane de Poitiers
provoquèrent de bien vives et bien légitimes convoitises. Ces
monuments d'une passion qui s'affichait sans nul souci du mys-
tère, ces livres qu'avaient touchés les belles mains de la célèbre
reine de la main gauche, sont aujourd'hui dévolus à des million-
naires, qui, circonstance assez rare, se trouvent en même
temps des hommes de goût. Une traduction latine du *Traité de
saint Épiphane contre les hérésies* a été payée 3,700 fr. Je doute
que la belle Diane eût beaucoup lu ces réfutations, quoiqu'elles
soient péremptoires, des erreurs avancées par les Ebionistes,
les Nicolaïstes et les Valentiniens; peut-être ses regards s'étaient-
ils portés de préférence sur deux petits recueils manuscrits de
Chansons et motets ; ils ont été adjugés : l'un à 4,900 fr., l'autre
à 4,000 fr. Un de ces volumes est venu se joindre à celui qu'a-
vait déjà acquis à la vente Double M. Moreau, l'heureux proprié-
taire du château d'Anet, qu'absorbe l'intelligente et gracieuse

préoccupation de restaurer la demeure où le souvenir de Diane ne saurait s'effacer.

J'aime médiocrement Catherine de Médicis, bien que je penche à croire qu'elle ait été un peu calomniée ; mais si de trop puissantes raisons ne me l'eussent interdit, j'aurais volontiers couvert l'enchère de 1,550 fr. pour son bel exemplaire de l'*Orlando furioso*, Lyon, 1556. Songez donc qu'il était relié en maroquin citron, à riches compartiments mosaïques, au chiffre répété de cette Italienne qui fut l'épouse ou la mère de quatre de nos rois.

Les romans de chevalerie imprimés à la fin du xv⁰ et au commencement du xvi⁰ siècle sont depuis longtemps en possession d'exciter les vœux des connaisseurs. C'est qu'il est presque impossible de rencontrer aujourd'hui de beaux exemplaires de ces gros volumes qu'éditaient avec soin Vérard, Michel Le Noir et Galliot du Pré. Leur vogue fut grande lorsqu'ils parurent ; ils périrent dans les mains des lecteurs. Aujourd'hui, personne ne les lit, mais on invoque, pour les décorer, toutes les ressources de l'art de la reliure, et il faut payer assez cher la satisfaction de les posséder. Les prix payés à la vente de M. Techener le démontrent. Le *Saint Greaal*, Paris, 1523, 3,950 fr.; le *Perceval*, de 1530, 3,500 fr.; le *Tristan*, publié par le plus renommé des libraires contemporains de Louis XI, par Antoine Vérard, 3,500 fr.; *Valentin et Orson*, de 1505, 2,375 fr.; la *Mélusine*, imprimée à Paris vers 1500, 2,410 fr.; *Olivier de Castille*, impression genevoise exécutée vers 1490, 3,605 fr. Mais je m'arrête ici, car je ne saurais résister à la tentation de tout citer.

L'augmentation continuelle dans la valeur de ces vieux livres ne s'est jamais démentie. Le duc de La Vallière avait réuni dans son immense bibliothèque (que de millions ne vaudrait-elle pas aujourd'hui !) bien des romans de chevalerie. En 1784, ils se payaient 25 à 50 livres ; il fallait une belle reliure en maroquin pour qu'un acheteur fût assez hardi pour mettre 100 livres. Et la hausse, nous le croyons fermement, n'a pas dit son dernier mot ; en payant 3,000 à 4,000 fr. un roman de chevalerie contemporain de Louis XII et de François Iᵉʳ, on fait, commercialement parlant, une très-bonne affaire.

Les rimes, parfois peu harmonieuses, de nos vieux poëtes, ne se payent pas moins cher que les récits des exploits des paladins compagnons d'Arthur ou camarades de Charlemagne. Le *Champion des Dames,* de Martin Franc, cette assez maussade apologie du beau sexe, a obtenu 1,550 fr.; mais il s'agissait de la rarissime édition de Lyon, vers 1485. Une édition des *OEuvres de Saint-Gelais,* Lyon, 1547, est devenue l'objet d'une lutte des plus acharnées, et le seul exemplaire connu de ce joli volume est resté, moyennant 1,900 fr., dans les mains du plus célèbre des banquiers de notre époque. Un ami des origines du théâtre en France s'est félicité de conquérir, moyennant 3,000 fr., un **Mys**tère joué à Tours, avec le plus éclatant succès, vers l'an 1500, l'*Homme pécheur par personnages.* Les temps sont changés, et nous n'oserions garantir aujourd'hui, de la part du public, un accueil favorable à cette composition, quoiqu'elle ne se compose que de 22,000 vers. Un libraire anglais a obtenu, pour un prix des plus modiques, 2,900 fr. seulement, les *Métamorphoses d'Ovide moralisées par maistre Thomas Waleys.* Ce n'est pas en raison de l'agrément que présente cette singulière paraphrase du poëte latin qu'un riche *baronnet* consentait, dit-on, à la payer 6,000 fr. et plus. Il est impossible de rien trouver de plus ennuyeux, de plus illisible ; mais il s'agit d'une des productions typographiques de Colard Mansion, patriarche de l'imprimerie dans les Pays-Bas.

N'oublions pas une circonstance qui n'est point à dédaigner. Ces volumes payés si cher étaient revêtus de reliures dues aux artistes les plus célèbres. Bauzonnet et Duru s'étaient surpassés eux-mêmes, afin de couvrir de dorures d'une élégance exquise le maroquin doublé de maroquin qui habille ces anciennes impressions.

Il y a encore bien d'autres choses à signaler dans ce troisième catalogue; nous voudrions parler des ouvrages sur l'art héraldique recherchés aujourd'hui avec un véritable acharnement par des gens qui savent très-bien que la noblesse n'est pas une chimère. Voyez le prix qu'on attache aux ouvrages de d'Hozier, un oracle en ce genre. Son *Armorial de la noblesse,* `10 vol.

in-fol., 1,500 fr. ; ses *Recherches de la noblesse de Champagne*,
1,060 fr. A peine pouvons-nous signaler des autographes impor-
tants de Bossuet, de Fénelon, de Voltaire, de Rousseau. Un
manuscrit autographe du fameux comte de Bussy, l'*Histoire
généalogique de la maison de Rabutin*, adressée et dédiée par
l'auteur à madame de Sévigné, s'est payé 1,250 fr., et ce n'est
certes pas cher.

M. Joseph Techener père se retire des affaires. Mais son nom
ne disparaîtra point de cette librairie française où il tient une si
large place. M. Léon Techener, jeune encore (si c'est un défaut,
il ne s'en corrigera que trop vite) a, dès son enfance, été à une
bonne école ; il est né, il a grandi au milieu des livres ; il les
connaît et il les aime ; chez lui se perpétueront les traditions de
la famille ; les volumes précieux de tout genre passeront sans
cesse entre ses mains, et comme éditeur, il maintiendra dans
tout son lustre cette gracieuse marque (un serpent nouant au-
tour d'une croix les replis de son corps flexible) qu'il faut savoir
gré à son père d'avoir adoptée en ramenant un usage qu'avaient
délaissé les typographes modernes. Les marques et les devises
d'un éditeur habile se transmettent de génération en génération.
N'est-ce pas là un blason qu'il est permis de montrer avec quel-
que fierté ?

Paris.—Imprimé chez Bonaventure et Ducessois, 55, quai des Augustins.